AF476185

SE VEND
Au profit des Pauvres de la ville de Metz.

CHANSONS,

OU

LOISIRS

DE DEUX

GARDES NATIONAUX;

PAR

Fournel et Caye,

ARTILLEUR ET CHASSEUR.

« Par l'espoir gaîment bercés,
» Chantons. . . . . »
Béranger.

A METZ,
CHEZ TOUS LES LIBRAIRES.

1832.

LES
LOISIRS
De deux
GARDES NATIONAUX.

CHANSONS,

OU

LOISIRS

DE

DEUX GARDES NATIONAUX;

PAR

A. FOURNEL ET CAYE,

ARTILLEUR ET CHASSEUR.

» Par l'espoir gaîment bercés,
» Chantons............ »
BÉRANGER.

SE VEND CHEZ TOUS LES LIBRAIRES

Au profit des Pauvres de la ville de Metz.

METZ,

IMPRIMERIE DE P. WITTERSHEIM, PLACE DE CHAMBRE, N°. 17.

1831.

PRÉFACE.

AIR : C'EST L'AMOUR, ETC.

PARDONNEZ à ma faible Muse
Qui devant vous va s'essayer ;
Pour moi, je consens qu'on l'accuse
D'avoir voulu vous amuser.
On ne peut faire pire,
Dirait un sot fâché ;
Messieurs, vous pouvez rire :
Vive la Liberté !

LES

LOISIRS

DE DEUX

GARDES NATIONAUX.

A Béranger.

AIR : LE CIEL QUINZE ANS.

O Béranger ! toi qui fais notre gloire ,
Tu fus toujours digne du nom français ;
Jamais ta bouche , asservissant l'histoire ,
De l'ennemi ne chanta les succès.
O Béranger ! de toi la flatterie
Ne reçut point un hommage insensé ;
Et si ton cœur sut flatter la patrie ,
C'est qu'il chantait la liberté.

Sur Béranger , une divine flamme
Brilla , dit-on ; et même à son berçeau ,
Des trois couleurs la brillante oriflamme
Apparaissait au chantre du hameau.
Et son génie , au sortir de l'enfance ,
Lui promettant son immortalité ,
Il répondit : digne fils de la France ,
Je chanterai la liberté.

Du potentat qui régissait la terre
Tu ne sus point encenser la grandeur ;
Plus grand que lui, tu restais dans l'ornière,
Des courtisans tu riais de bon cœur.
Lorsque par eux l'idole de la France
A l'ennemi fut lâchement livré,
Sous les Bourbons rêvant l'indépendance,
Tu pus chanter la liberté.

O Béranger ! lorsque leur tyrannie
Fit condamner tes chants nationaux,
Seul tu chantais, et Sainte-Pélagie,
Redit encor les noms de tes héros.
Quand du tyran la main toujours impure
Nous ravissait la noble déité,
O Béranger ! ta bouche toujours pure
Chantait encor la liberté.

Bientôt le peuple a brisé son empire,
Ce tyran fuit, expiant son forfait ;
Rien n'est changé, le peuple encor soupire,
On espérait plus d'un roi de juillet.
Dans ses palais, une troupe insolente
Avec dédain brave ton nom sacré ;
D'un peu de pain Béranger se contente
Et chante encor la liberté.

Napoléon.

AIR DE LA COLONNE.

NAPOLÉON, cet immortel génie,
Qui surpassait Alexandre et César ;
Après l'avoir sauvé de l'anarchie,
De notre France illustrait l'étendart.
De l'Africain lorsqu'il courbait le front
Jusqu'à Memphis conduisant la victoire,
Le fier Turc, sensible à sa gloire,
Chantait encor Napoléon.

Après avoir porté chez l'Autrichien
Deux fois ses pas, conduit la vieille armée
Qui triomphait en courant du Prussien,
De l'Espagnol, de l'Europe étonnée ;
Lorsque les Rois, en abaissant le front,
Venaient en foule implorer la victoire,
Le vaincu, sensible à sa gloire,
Chantait encor Napoléon.

En Italie, oui, ce guerrier aimé,
Voulut aussi porter l'indépendance,
Il apparut aux cris de liberté,
L'Italien vint au-devant de la France.
Quand le héros soumettait le Saxon
Qui s'opposait au vol de la victoire,
Ce peuple sensible à sa gloire,
Chantait encor Napoléon.

Mais la Russie a trahi ses sermens,
Chez elle il faut qu'il porte sa puissance;
Il part alors, et ses guerriers contens,
Vont augmenter les lauriers de la France.
Quand devant lui les Cosaques du Don,
En s'enfuyant, lui laissaient la victoire,
Le Kalmouck sensible à la gloire,
Chantait encor Napoléon.

Si de l'Anglais l'or n'eut trahi la France,
On aurait vu nos immortels drapeaux
Sur Albion étendre leur puissance,
Et compléter la gloire du héros.
Lorsque, vendu par le traître Bourmont,
Quand de ses mains s'envolait la victoire,
Le vainqueur sensible à sa gloire,
Chantait encor Napoléon.

La mort cruelle a terminé ses jours,
Du sort injuste il a subi la peine;
Mais les Français se souviendront toujours
Du prisonnier de l'île Sainte-Hélène;
Je vois voler son âme au Panthéon,
Replaçons-le sur l'affût de la gloire!
Nous, fidèles à sa mémoire,
Chantons encor Napoléon.

Voyez, Français, la glorieuse colonne
Va de nouveau supporter le héros,
Qui commanda si long-temps en personne,
A tant de rois devenus ses bourreaux.

Mais si l'envie outrageait son grand nom
Qui sut guider la France à la victoire,
Français, fidèles à la gloire,
Chantons encor Napoléon.

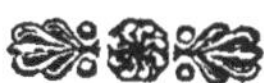

Tout à mon amie.

AIR DE LA SENTINELLE.

JE l'avoûrai, je me croirais heureux
De vivre près d'une sensible amie;
Pour l'objet qui ne charmerait mes yeux,
Non, je ne puis sacrifier ma vie.
Pour dot, dût-elle m'apporter
Richesses, gloire, honneur, puissance !...
Mon cœur, je voudrais le donner; (*Bis*).
Mais le vendre !... non, que je pense. (*Bis*).

Oui, je le sais, il est de ces mortels
Qui pour de l'or sacrifieraient leur vie:
Pour eux l'hymen ne dressa des autels,
Et leur feu n'est qu'une triste agonie.
Pour moi, fuyant de tels moyens,
Quand viendra le temps d'hyménée,
Je n'épouserai pas ses biens,
Mais celle que j'aurais aimée.

A une demoiselle

Qui avait déchiré un billet que je lui avais envoyé.

AIR : ÇA N' SE PEUT PAS.

QUE m'annonce un ami fidèle?
Serait-ce bien la vérité?
Quoi! vous auriez deux fois, cruelle!
Déchiré ce tendre billet?
Il est vrai, je fus téméraire....
Mais, j'aurai pu, dans pareil cas,
Alexandrine, vous déplaire. (*Bis*).
Cela n'est pas, cela n'est pas.

Cela n'est pas; non, je ne pense,
Tout mon être en est étonné,
Cela n'est pas, votre présence
Ne nous décèle que bonté.
Cela n'est pas, votre sourire,
Avant-hier assez me prouva,
Que vous vous plaisiez à les lire.
C'est bien cela, c'est bien cela.

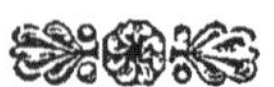

Salut.

AIR DES ENFANS DE LA FRANCE.

Je te salue, ô soleil de Juillet !
Doux protecteur de la grande semaine ;
Inspire-moi, redis-moi quel forfait
Ensanglanta les rives de la Seine ?
Quand les Bourbons, inhabiles tyrans,
Voulurent au peuple ôter l'Indépendance,
Ton ardeur échauffant tes enfans,
Sauva la Charte et la France.

Je te salue, ô noble liberté !
Tu reparus sur le char de la gloire ;
Sur tes tyrans, les fils de la Cité
Ont de leur sang bien payé la victoire.
Peuple immortel, famille de héros,
La liberté te prêtait sa puissance ;
Aussi, tu vainquis tes bourreaux,
Tu reconquis l'Indépendance.

Je vous salue, intrépides héros,
Dans ces trois jours de la grande semaine,
Vous fîtes voir aux auteurs de nos maux,
Ce que pouvait le peuple de la Seine.
Dormez en paix, enfans de la Cité,
Votre cercueil verra l'Indépendance,
Dans ces trois jours de liberté,
Pleurer les sauveurs de la France.

Je te salue, ô Panthéon très-saint !
Tu recevras l'éternelle mémoire
De tous leurs noms qui seront sur l'airain
Gravés en or par la main de l'Histoire ;
Français, le roi qui les martyrisa
En eût autant fait de toute la France ;
Puisque le bon droit l'emporta,
Gardons toujours l'indépendance.

Missolonghi.

AIR DU MONT SAINT-JEAN.

Un jeune Grec, triste et pensif,
Non loin du rivage d'Athènes,
Pressait, d'un pas lent et tardif,
Le sol de ces antiques plaines.
Mânes sacrés de mes aïeux,
Je vais délivrer ma patrie,
Daignez m'inspirer de vos feux,
Je briserai la tyrannie.
O Liberté ! que le fier Musulman
Cesse à jamais d'être notre tyran,
Et fais que toute l'Hellénie
Brise le joug des despotes d'Asie.

Il dit ; et de l'Acropolis
Tout aussitôt un cri s'élance,

Il fit trembler les Osmanlis ;
Car c'était un cri de vengeance.
Armé de son glaive vengeur,
Le Grec immole le Tartare ;
Et plein d'une sainte fureur ,
Il chante , en foulant le barbare.
O Liberté ! etc.

Au premier cri sorti du fort ,
Au signal de l'indépendance ,
Missolonghi terrible encor ,
Du Turc prédit la déchéance.
Vaincre ou mourrir ! A cette voix
Sur les rochers du Psariote
Flotte l'étendard de la croix ,
Q'arbora le fier Maniote.
O Liberté ! etc.

Enseveli sous ses remparts ,
Tristes débris de son courage ,
Le Grec , vainqueur de toutes parts ,
Périt dans un affreux carnage.
Des ruines de Missolonghi
S'élançaient des chants d'allégresse :
Ces chants , dont le Turc a frémi ,
Disaient : Liberté pour la Grèce !
O Liberté ! que le fier Musulman
Cesse a jamais d'être notre tyran ,
Et fais que toute l'Hellénie
Brise le joug des despotes d'Asie.

Aux Polonais.

AIR DES OISEAUX DE BÉRANGER.

Quinze ans la Pologne asservie
Frémissait sous le joug d'airain
De l'autocrate de Russie,
Dévorant en paix son chagrin ;
Mais de l'occidental rivage
S'échappe un cri : Mort aux tyrans !
Ils se réveillent, et leur rage
A brisé des fers accablans.

Pour comprimer ces fiers courages,
Aussitôt le géant du nord
Lance ses cohortes sauvages,
Ivres d'un furieux transport.
Voyez s'avancer à leur tête
Le vainqueur du fier Musulman...
Il veut conjurer la tempête,
Redonner un sceptre au tyran.

Fier de cette horde d'esclaves,
Il promet à son empereur
De réduire bientôt ces braves
Sous le joug de cet oppresseur.
Mais de liberté fanatiques,

La Pologne avec peu de guerriers ;
Détruit ces masses despotiques,
Ravit leurs foudres meurtriers.

Dieu qui promit l'indépendance,
Qui punit les rois assassins,
Vient de soulever la puissance
Du vautour frappant les humains.
La peste fond ; elle ravage
Le camp du tyran indompté ;
Du Russe elle éteint le courage,
Et combat pour la liberté.

Toi qui toujours fus si sensible
A secourir les opprimés,
Ton cœur est-il inaccessible
A la voix des Polonais ?
Fidèles au géant des batailles,
Partout il suivit les drapeaux :
Ne crains-tu pas tes funérailles ?
Es-t veuve de tes héros ?

Peuple que la gloire environne,
Si malgré tes nombreux efforts,
La liberté ne te couronne,
Descends volontiers chez les morts.
De vivre sous la tyrannie,
Quel pesant et triste fardeau !
Dis au tyran de la patrie :
Je meurs, règne sur un tombeau.

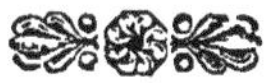

Saint Dominique.

AIR. . . . .

Du grand saint Dominique
C'est la fête aujourd'hui ;
Client peu laconique ,
J'implore son appui.
Aussi ce très-saint frère ,
Ce bon frère prêcheur
Passe sur notre terre
Pour un bon procureur.

En battant la campagne ,
Le saint en question
Établit en Espagne
Sainte inquisition.
Et puis en Amérique ,
Ce bon frère prêcheur ,
Dans l'Asie et l'Afrique
Prêcha le vrai bonheur.

Avec une casaque ,
Il avait un manteau ,
Et c'était son chien braque
Qui portait le flambeau.
Mais dans la nuit profonde
Le monde entier étant ,

Lui seul de tout le monde
Paraissait flamboyant.

Ce grand saint d'abstinence
Avait fait vœu, dit-on ;
J'implore la clémence
De mon très-saint patron ;
Car, moi toujours à table
Je suis soir et matin ;
Et ma seule eau potable
Est toujours de bon vin.

Mais aussi, je le jure,
Je ferai dignement,
Et sans point de mesure,
Je boirai largement ;
Mais si je te fête,
O mon très-cher patron !
Eh ! pour sauver ma tête
Récite une Oraison.

Garde-moi, je t'en prie,
Près de toi, petit coin,
Point ne me disgracie,
Car suis Dominiquin.
Assis près de saint Pierre,
Sois mon solliciteur,
D'autant que sur la terre,
Tu fus frère prêcheur.

O ! grand saint Dominique !

J'implore ton appui ,
Quand à mon viatique ,
Je partirai sans lui.
O coutume arbitraire !
Ne point donner de vin ,
Quand c'est l'auxiliaire
Pour se mettre en chemin.

Conseils à mes amis ,

les Electeurs de Metz.

AIR : AUTOUR DU POT C'EST TROP TOURNER.

ÉLECTEURS , ne le nommez pas ,
B........ est dans les candidats.

Pour être bien au ministère ,
Et pour gagner la croix-d'honneur ,
Ne nommez pas notre ancien maire ,
Amis , pour nous quel déshonneur !
Electeurs, ne le nommez pas ,
B........ est dans les candidats.

Lui qui voudrait de la patrie
Défendre les lois et les droits ,
Voterait contre la pairie ,

Ne lui donnez jamais vos voix.
Électeurs, ne le nommez pas,
B........ est un des candidats.

Grand partisan du côté gauche,
Non, ce n'est point un modéré,
Ce n'est point un homme à débauche,
Il resterait de ce côté.
Électeurs, ne le nommez pas,
B........ est dans les candidats.

Des jours de la grande semaine
Il garde encor le souvenir,
Et son cœur verrait avec peine
Que le peuple ne fût le martyr.
Électeurs, ne le nommez pas,
B........ est un des candidats.

Toujours sa voix nationale
Réclamerait la réduction,
Et sa main trop libérale
A signé l'association.
Électeurs, ne le nommez pas,
B........ est un des candidats.

Ennemi de l'affreux système
De ministres insoucieux,
Sur lui prononçons anathème,
C'est un homme contagieux.
Électeurs, ne le nommez pas,
B........ est un des candidats.

P..... de la magistrature
Présente le digne côté ;
Il votera, la chose est sûre,
Pour l'inamovibilité.
Électeurs, ne le nommez pas,
B........ est un des candidats.

Si vous voulez du ministère,
Amis, attirer les faveurs,
P..... fera mieux votre affaire,
Choisissez-le, chers électeurs.
Électeurs, ne le nommez pas,
B........ est un des candidats.

La Noce.

AIR DU DIEU DES BONNES GENS.

VOUS ordonnez que du dieu d'hyménée
Ma muse ici célèbre les douceurs.
Couple charmant, je cherche en ma pensée
Des chants nouveaux dignes de vos faveurs.
Bien des auteurs, dans leur docte délire,
Ont épuisé ce sujet favori ;
Dans ce banquet où la gaîté respire,
Où tout est réuni.

L'un conseillait de chérir la constance
Et de bannir du logis pour toujours,
Froideur, chagrin, surtout l'indifférence,
Qui d'un long deuil attriste les amours.
L'autre, en son hymne, au dieu de l'Empirée,
Le suppliait pour de jeunes époux,
De vouloir bien bénir leur hyménée
Et des sermens si doux.

A ces avis, à ces vœux salutaires,
Je vais, époux, ajouter pour finir:
Si vous voulez avoir des jours prospères,
Ne videz pas la coupe du plaisir.
Usez toujours avec économie,
Son filtre heureux jamais ne tarira;
Jamais l'ennui de son aile ennemie
Sur vous ne planera.

Vous, Élisa, que la grâce décore,
Vous qui brillez de vertu, de fraîcheur;
De ce beau jour qui pour vous vient d'éclore,
Mon cœur ému partage le bonheur.
Hymen qu'on fronde, un jour, oui, je l'espère,
Ton doux flambeau pour moi s'allumera;
Mais que l'objet qui lors saura me plaire
Soit une autre Élisa.

Les deux Drapeaux.

AIR DES GRANDS HOMMES.

Noble drapeau, étendard glorieux,
La liberté conduisit à la gloire
Ton peuple brave et qui bientôt heureux,
Sous ton ombrage enchaîna la victoire.
Oui, pour toujours, tu vois ton aigle blanc
Fixé sur toi; la Pologne à la terre
Répétera : Le vainqueur du Balkan,
Sous ce drapeau courba sa tête altière.

Nobles couleurs, si chères aux Français,
Toujours unis au drapeau bicolore,
Vous tréssailliez, lorsque les Polonais
Venaient se joindre à votre tricolore.
Vieux vétérans d'Austerlitz, Marengo,
Où la Pologne accompagnait la France;
Les deux drapeaux tombèrent, Waterloo
Vit l'union après leur déchéance.

Mais Varsovie, excitant ses guerriers,
Les encourage et montre la patrie
Qui, leur jetant des palmes et des lauriers,
Promet encor la liberté chérie.
Toujours unis, les deux peuples soudain,
De leurs drapeaux cimentant l'alliance,
Oui, pour jamais, se sont donnés la main.
Leur ralliement sera Pologne et France.

Que m'importe Plutus.

O ma mie!
Si ma vie ,
Se prolongeait avec l'or ,
Ma maîtresse ,
Ah ! sans cesse ,
Je grossirais mon trésor.

Mort cruelle ,
Quand , fidèle
Aux ordres du souverain ,
A ma vie
Tant chérie ,
Tu viendrais pour mettre fin !

Prends , dirais-je ,
Et puissé-je
Ne plus te voir de long-temps !
Puisse encore ,
Je t'implore ,
Couler en paix mes beaux ans.

Soin frivole ,
Il s'envole ,
Le temps marqué de mes jours ,
Mon aurore
Brille encore,
Mais va terminer son cours.

Eulalie,
Si la vie
L'or ne peut la prolonger,
Que l'avare
S'en empare
Et ne cesse d'amasser.

Pour te plaire,
Moi, ma chère,
Je donnerai mes instans.
Et ma lyre
En délire,
Te consacrera ses chants.

O patrie!
O ma mie!
Pour vous je verse mon sang,
L'inconstance,
La vaillance
Ont dissipé leur tyran.

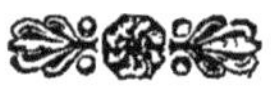

Brutus et Cassius.

AIR : MUSE DES BOIS, ETC.

Du fier Brutus, Français chantons la gloire,
Il sut briser le sceptre d'un tyran ;
De Cassius célébrons la mémoire ;
Voyez César sous leurs coups expirant.
O liberté! tu dédaignes la plainte,
Car près des rois tes vœux sont superflus;
Ah! pour venger cette liberté sainte,
Il faut encor Brutus et Cassius.

Lorsque César, montant au Capitole,
A l'univers venait dicter des lois;
Peuple Romain, ton tyran, ton idole,
Seul il tremblait, quoique maître des rois.
Et si César leur inspirait la crainte,
Nouveau Tarquin, il craignait un Brutus,
Ah! pour venger cette liberté sainte,
Il faut encor Brutus et Cassius.

Lorsque du sang de notre belle France,
Un triumvir était tout dégoûtant,
Ne vit-on pas sa funeste puissance,
Tomber enfin sous les coups d'un enfant.
O liberté! si, quand ta voix contrainte,
Frappait ainsi leurs projets confondus,

Ah! pour venger cette liberté sainte,
Il faut encor Brutus et Cassius.

Du conquérant qui soumettait la terre,
Un étudiant voulut trancher les jours;
Il se trahit, et son âme si fière
Du conquérant rejeta les secours;
Mais il mourut, et sa bouche sans feinte
Vouait au fer le héros qui n'est plus;
Ah! pour venger cette liberté sainte,
Il faut encor Brutus et Cassius.

Que dis-je encor: quel est donc mon délire;
Le monde est libre, et le ciel toujours pur,
Des Polonais accueillant le martyre,
Sur les Français répandit son azur.
Un roi gouverne, et leur voix sans contrainte,
S'exale encor en regrets superflus;
Ah! pour venger cette liberté sainte,
Il faut encor Brutus et Cassius.

Nous triomphons.

Chant de victoire des Polonais.

AIR : A SOIXANTE ANS.

Nous triomphons ! la Pologne affranchie,
A d'un tyran dissipé les soldats ;
Par nous battus, ils demandent la vie.
En suppliant, ils nous tendent les bras ;
Esclaves vils d'un roi qui déshonore,
Et sa couronne et son titre glorieux :
La liberté que chez vous on abhore,
A su toujours nous rendre généreux.

Vieux bataillons sortis de la Russie,
Fiers conquérans d'Andrinople et Varna,
Quoi ! vous fuyez, hordes de Tartarie,
Votre aigle noir sous le fer succomba.
Vous espériez une prompte victoire,
Sous votre joug nous faire encor gémir ;
La liberté nous guidant à la gloire,
Nous fit jurer de vaincre ou de mourir.

Lâches tyrans ! vous qui de la patrie
Fûtes jadis un état démembré ;
Vous méprisant, insensible à la vie,
Le Polonais s'en était exilé ;

Il combattit sous l'aigle de la France,
Il partagea sa gloire et ses travaux ;
La liberté lui dicta sa vengeance,
Et la Pologne a vu fuir ses bourreaux.

Nous triomphons ! cette innombrable armée
Qui fut toujours le soutien des tyrans
Pour cette fois, a vu sa renommée
S'anéantir sous la faulx des *Titans ;*
Vous méprisiez une faible cohorte,
Vous, vils soldats, qu'on traita de héros ;
La liberté méconnue à la *Porte,*
A de vos corps dispersé les lambeaux.

Nous triomphons ! d'une palme immortelle,
Allons, soldats, couronner l'aigle blanc ;
La liberté qu'on traite de rebelle,
Sur nos drapeaux fit couler notre sang.
Mais du tyran la main liberticide
Lance sur nous des traits plus aiguisés.
O liberté ! par un despote avide,
Que tes autels ne soient pas renversés.

Nous triomphons ! et ce chant d'allégresse,
Aux Polonais, apportait le bonheur,
Quand tout-à-coup par un cri de détresse,
De Varsovie on apprit le malheur.
Ils succombaient sous le poids de la gloire ;
Honneur à vous immortels guerriers,
Vos derniers mots furent des chants de victoire,
Vous êtes morts, couronnés de lauriers !

L'Anniversaire.

AIR DE LA GRAND'MÈRE.

CÉLÉBRONS l'anniversaire
Des trois grands jours de juillet,
Où souillé par un forfait,
Nous renversâmes un téméraire.
De ce trône si souvent
Baigné du sang de la France.
Ce roi traître à son serment,
Brisant notre indépendance;
De ces trois jours à jamais
Ne perdons pas la mémoire.
Quels beaux jours pour nous, Français!
Quels beaux jours de gloire!

Les fatales ordonnances
Mirent tout le peuple en émoi;
Bientôt il sut sans effroi
Braver les soldats et leurs lances;
Soudain, pour défendre ses droits,
On le vit courir aux armes,
N'agissant que pour les lois,
Il repousse les gendarmes,
Et les Suisses dont à jamais
Nous haïrons la mémoire.
Quels beaux jours pour nous, Français! etc.

Des héros de la Bastille
On vit les petits enfans
Montrer à l'Hôtel-de-Ville
La valeur de leurs parens ;
Et sur ce pont qui, d'Arcole
A depuis porté le nom,
La liberté qu'on immole
Avance au son du canon.
De ces héros à jamais,
Ne perdons pas la mémoire.
Quels beaux jours pour nous, Français !
Quels beaux jours de gloire !

Unissons-nous pour défendre
Des droits si cher achetés,
Plutôt mourir que de rendre
La France aux tyrans chassés.
Philippe, notre espérance,
Ne voudrait pas nous tromper;
Il a notre confiance ;
Il saura la mériter.
De ses promesses à jamais,
Ne perdons pas la mémoire.
Quels beaux jours pour nous, Français !
Quels beaux jours de gloire !

Le Charivari.

POT POURRI.

AIR : DU ROI D'IVETOT.

Un jour un bon marchand de draps,
Si j'ai bonne mémoire,
Qui s'illustra dans cent combats,
Armé d'une écritoire ;
Fut décoré par son patron
D'une belle croix de carton,
Dit-on !
Oh ! oh ! oh ! ah ! ah ! ah !
Le beau décoré c'était-là,
Là, là.

AIR : LA BONNE AVENTURE.

Or c'était un des adjoints
D'un maître en étole,
Dont le discours en quatre points
Sent la parabole,
Qui pour l'heure est appelé
L'honorable député ;
La bonne aventure
O gué,
La bonne aventure !

AIR : TOTO CARABO.

Il est une boutique
Dont l'fameux casimir
Peut ternir ;
Le maître à la pratique
Donne tout à l'avenant ;
Le marchand
Se dit : j'en aurai..
Se dit : j'en aurai..
J'en aurai cette fois.
Ah ! qu'il est gai ! (*Bis.*)
Le bon marchand en croix.

AIR : ALLELUIA.

Or vous voyez, mes chers amis,
Que j'ai ce que l'on m'a promis ;
Le ministère a de bon drap,
Il ne s'usera.

AIR : LES GUEUX, LES GUEUX.

La croix, la croix,
Bien sûr je la vois,
Elle est dans mes doigts,
Vive la croix !
Cette faveur m'est si chère,
Que je m'engage à fournir,

Par an tout le Casimir
Dont s'habille un ministère.
La croix, la croix
Est entre mes doigts,
Ce n'est pas la seule fois
Vive la croix !

AIR : GAI, GAI, ETC.

Gai, gai, quels sont ces chants ?
La musique
Dans ma boutique ;
Gai, gai, quels sont ces chants,
On dirait des chats-huants ;
Du tambour j'entends les sons.
Sérénade !
Et aubade !
Ce ne sont pas des violons !...
Des sifflets ! les polissons !

AIR : QUE MOMUS DIEU, ETC.

Charivari, charivari
Sur notre ami Jean-Pierre ;
Le voilà donc enfin sorti
De sa rude croisière ;
Complimentons
Ses chers patrons,
De leur bon coup de botte :

Toujours ainsi,
En sont sortis,
Ceux que le vent ballotte.

AIR : LA FARIRA DONDÉ.

Sur nos arrosoirs,
Battons-lui la charge,
Dans nos entonnoirs,
Sonnons une marche.
Bon !
La farira dondaine,
Gai !
La farira dondé.

AIR : AH ! LE BEL OISEAU.

Ah ! le beau héros, ma foi,
De boutique,
De boutique ;
Ah ! le beau héros, ma foi,
Pour avoir gagné la croix.

AIR : BON VOYAGE M. DUMOLET.

Saluons,
D'un air nouveau,
Ce chevalier des bords de la Moselle ;

Saluons,
D'un air nouveau,
Ce chevalier de fabrique nouvelle.
Avec son aune il gagna sa richesse,
Ne s'occupant qu'à vendre et mesurer;
Mais des honneurs, voilà bien la faiblesse:
L'indépendant se fit donc acheter.

AIR : LA FARIRA DONDÉ.

Sur nos arrosoirs,
Battons-lui la charge,
Dans nos entonnoirs
Sonnons une marche;
Bon!
La farira dondaine,
Gai!
La farira dondé.

AIR : ALLONS BABET.

Allons ma femme, il faut vite coucher
Tous tes enfans; la nuit sera très-sombre;
Clos tes volets nous laisserons siffler
Tous ces gredins qui se cachent à l'ombre.
Je suis adjoint, et demain mon pouvoir
Fera raison.... Mais je crois que l'on monte;
Cache-moi bien; ô terreur trop profonde!
De l'eau sucrée; ô femme! je vais cheoir.

AIR DU MARQUIS DE CARABAS.

Voyez ce preux guerrier
Qui s'avance d'un air altier ;
Sa cocarde fanée
Depuis un an est retournée ,
Flanqué d'un Horace,
En guise de cuirasse ;
Il s'avance au son
Des trompes et chaudron.
Chapeau bas ! chapeau bas !
Gloire au double lauréat !

AIR : VIVANDIÈRE DU RÉGIMENT.

Allons , Messieurs , retirez-vous ,
Point de scandale en ville :
Craignez d'exciter mon courroux ,
Car je suis un Achille ;
J'ai la main rude et suis malin ,
Tintin , tintin , tintin , r'lin , tintin ;
J'ai la main rude et suis malin ,
Dès-lors ne touche en vain.

AIR : MIRMIDONS.

Compagnons , la farce est belle,
Compagnons.
Ils craignent nos chansons ;

La chanson n'est cruelle
Qu'avec ceux que nous méprisons.
Amis, cessons tout ce tapage,
Allons nous-en chacun chez nous;
Lobeau, du haut de cet étage,
S'apprête à nous seringuer tous.
Compagnons, etc.

AIR : UNE URSULE.

Et Dès-lors s'avançant,
En voyant qu'on recule,
Il saisit à l'instant,
Sans autre préambule,
Un certain avocat, la, la,
Et si fort le serra, la, la,
Que presque il l'étrangla.

AIR : TONTON, TONTAINE.

Le sire au plus vîte décampe,
Abandonnant cette maison,
Tonton, tonton, tontaine, tonton,
Il ne peut fuir il a la crampe,
Des entonnoirs il craint le son,
Tonton, tontaine, tonton.

Dansons la Carmagnole
Vive le son,
Vive le son,
Dansons la Carmagnole
Vive le son de nos chaudrons !

Le casimir est enfoncé,
Depuis un an il est rapé,
Et d'un habit nouveau
Nous avons les morceaux.

Dansons la Carmagnole
Vive le son,
Vive le son,
Dansons la Carmrgnole,
Vive le son de nos chaudrons !

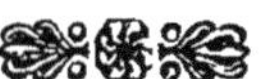

Les Coups de main.

AIR : TINTIN, TINTIN.

Ou courez-vous, soldats français ?
Nous courons à la gloire ;
Détrompez-vous, le Hollandais
Ne craint pas la victoire.
C'est encore un beau coup de main,
Tintin, tintin, tintin, r'lin, tintin,
C'est encore un beau coup de main,
Ils reviendront demain.

On secourt un préfet anglais,
Roi sans indépendance,
Abandonnant les Polonais
A leur propre vaillance ;
On leur refuse un coup de main,
Tintin, tintin, tintin, r'lin, tintin,
On leur refuse un coup de main,
Ils périront demain.

Celui qui par notre vouloir,
Nos vaillantes prouesses,
Monta triomphant au pouvoir,
Oublia ses promesses.
Ce ne peut être un coup de main,

Tintin , tintin , tintin , r'lin , tintin ,
Ce ne peut être un coup de main.
Il les tiendra demain.

Voyez les lettres de cachet
Remplir une Bastille ,
Ce sont des héros de Juillet
Qu'on y mèt à la fille.
Que craint-on d'eux ? Un coup de main .
Tintin , tintin , tintin , r'lin , tintin ,
C'est qu'on craint d'eux un coup de main ,
Ils sortiront demain.

Quand Charles du consul d'Alger
Voulut venger l'offense,
C'est qu'il voulait nous ramener
L'esclavage en France.
Mais il manqua son coup de main ,
Tintin , tintin . tintin , r'lin , tintin ,
Mais il attend un coup de main ,
Pour revenir demain.

Méfions-nous de tous ces rois ,
Vrais renards à couronne ;
Ne jurons pas la paix cent fois ;
Mais veillons en personne.
Ils méditent un coup de main.
Tintin , tintin , tintin , r'lin , tintin ,
Ils méditent un coup de main ,
Nous les verrons demain.

Vous dont l'esprit insoucieux
Lasse notre patience,
Craignez que le *juste-milieu*
Ne tombe en décadence.
Il ne faut rien qu'un coup de main,
Tintin, tintin, tintin, r'lin, tintin,
Il ne faut rien qu'un coup de main.
On peut l'avoir demain.

Trinquons.

AIR A FAIRE.

Trinquons, du jus de la treille,
Fètons Silène et le divin Bacchus,
Amis, trinquons, et la face vermeille,
Fêtons le fils de Vénus.

Une tonne par nous vidée
Sur le comptoir déjà je vois,
La fille de Cythérée
Sera par nous comme elle mise aux abois.
Laissons les rois se disputer le monde;
Je ne crains point pour l'avenir,
Quand les coteaux sont fleuris à la ronde,

Je puis bien boire à mon plaisir.
Trinquons, etc.

Un souverain sur cette terre
Est, nous dit-on, maître absolu;
Moi qui suis d'humeur un peu fière,
Je lui défends de toucher mon vin bu.
La liberté, c'est au fond de la cave
Que je l'avais sur un tonneau;
La tyrannie, à l'œil hagard et cave,
Ne saurait boire que de l'eau.
Trinqnous, etc.

Le ciel s'agite et Jupin tonne,
Chantons plus haut, Jupin a peur
Si la foudre, sur notre tonne,
Venait, hélas! à tomber, quel malheur!
Mais respectons le maître de la terre,
Il ne peut détruire le vin.
Au cabaret nous remplirons le verre,
Nous moquant du cruel destin.
Trinquons, du jus de la treille,
Fêtons Silène et le divin Bacchus,
Amis, trinquons, et la face vermeille,
Fêtons le fils de Vénus.

Les deux Infidèles.

AIR : DES COMÉDIENS.

Reviens à moi, petit serin que j'aime ;
Pourquoi me fuir, ne t'ai-je pas nourri ?
Reviens à moi, ne suis-je plus le même,
Pourquoi me fuir, serin que j'ai chéri ?

Tel qu'une fleur, dont la tige brisée
Laisse flétrir en mourant sa couleur,
En t'envolant de ta cage dorée,
Tu détruisis tout l'aspect enchanteur.

Mais que dira mon amante chérie
Qui si long-temps prit soin de t'élever ?
Reviens à moi, reviens pour mon amie,
Toi seul, tu peux près de moi la fixer.

Mais tu me fuis, mais tu veux être libre !
Tu veux courir après la liberté ;
Petit serin, l'homme brisa la fibre
Qui retenait la noble déité.

Toujours pourvu d'une eau limpide et claire,
Si ton cristal ne fut jamais terni,
Si de mouron je couvrais ta volière,
Pourquoi me fuir, ne t'ai-je pas nourri ?

Oui, la voilà celle que mon cœur aime ;
Elle te cherche, et ne te trouve plus ;
Elle me fuit, ingrat tu fais de même,
Pour tous les deux mes soins sont superflus.

Le lendemain je revis l'infidèle,
Elle donnait le bras au gros Mondor,
Le lendemain, petit serin rebelle,
Sur mon bureau tu gazouillais encor.

Sois près de moi, petit serin que j'aime,
Ne me fuis plus, ne t'ai-je pas nourri?
Sois près de moi, je resterai le même ;
Ne me fuis plus, serin toujours chéri.

Le Tombeau.

AIR : AH ! SÈCHE TES PLEURS.

Au loin sur un rocher sauvage,
Sous deux saules, près d'un ruisseau,
J'allai voir le simple tombeau
D'un héros mort sur ce rivage,
Victime d'une cruelle rage.
Généreux guerrier;
Ces rivages funestes,
Ont gardé tes restes,
L'histoire garde ton laurier.

De Bertrand l'amitié fidèle,
Sut partager l'exil affreux,
Du héros pour lors malheureux :
Des amis généreux modèle,
De Montholon, louons le zèle.
Généreux guerrier.
Ces rivages, etc.

Lui, qui tant de fois sur la terre,
Humilia le front des Rois;
Accourant soumis à sa voix,
Quand sa main lançait le tonnerre.

Mourut en proie à la misère.
 Généreux guerrier, etc.

A genoux sur la froide pierre
Qui couvre à jamais le tombeau,
Je pris un morceau du chapeau
Qui couvrait son front si sévère,
Relique pour mon cœur bien chère.
 Généreux guerrier, etc.

A l'Anglais qui voit ma souffrance,
Je cours dans mon juste courroux;
Craignez, dis-je, craignez les coups
D'un soldat qui vit pour la France,
Il hérita de sa vaillance.
 Généreux guerrier, etc.

Partez, me dit la sentinelle;
N'entendez-vous pas le canon
Mais n'accusez que Wellington:
Je pars, et bientôt ma nacelle
Vogue au vaisseau qui me rappelle.
 Immortel guerrier, etc.

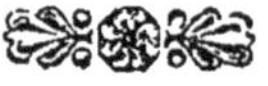

Pour la fête d'Édouard.

AIR DE NELCOURT.

Mon cher Édouard, pour te fêter,
Ma Muse est trop appésantie ;
J'ai beau toujours la gourmander,
Elle reste dans l'apathie.
Ne t'en étonne pas, ami :
La cause est facile à connaître.
Trois sombres hivers ont suffi
Pour la glacer dans tout son être. (*Bis.*)

Un monstre affreux a soulevé
Une furieuse tempête,
Dont les coups mortels ont frappé,
Édouard, une immense tête.
Las ! depuis, l'onde la poursuit,
La poursuivra long-temps encore,
Si l'arc-en-ciel ne lui sourit
Du bonheur annonçant l'aurore.

Mais quels vœux pourrai-je former,
Quand j'aperçois dans ton ménage
Deux beaux enfans faits pour charmer,
Une mère, une épouse sage.
Goûte toujours ce doux repos

Qui fuit, cher ami, ma paupière;
Pour moi, je ne vois que des maux
Qui frapperont ma vie entière.

Le jour de l'An.

AIR. . . . .

Au jour de l'an, chacun s'embrasse,
Et forme réciproquement
Des vœux bien doux ; mais quoiqu'on fasse,
Ils sont emportés par le vent.
Il faut, cher ami, n'en pas faire ;
Il faut profiter du présent,
Car, mon ami, dans ce moment,
Tout rétrograde au ministère.

Warsovie !!!

AIR : A SOIXANTE ANS.

Nous triomphons ! Victoire à l'aigle noire ;
Sur Varsovie arborons nos drapeaux :
Les Polonais qui ne rêvent que gloire ,
Ont combattu vainement en héros ;
Ils attendaient les secours de la France ,
Eux qui pour elle ont répandu leur sang ;
Elle devait tromper leur espérance ,
Le coq gaulois a trahi l'aigle blanc.

Varsovie ! oui , tes enfans intrépides ,
Se sont montrés dignes de leur renom ;
Sur tes remparts , de sang encore humides ,
Nous effaçons les traces d'un grand nom.
La liberté , tel était votre ouvrage ;
Mais , vous l'aurez , tombés dans le néant !...
Car c'est en vain qu'il fuyait l'esclavage ,
Le coq gaulois a trahi l'aigle blanc.

Nouveau Praga , fêtons l'anniversaire ;
Un beau soleil doit encore éclairer
D'un jour de feu le Russe incendiaire ,
De la cité qu'il va martyriser.
Allons , Cosaque , à ton poste ; ta lance

Avec plaisir doit percer un mourant :
Va, ne crains pas les soldats de la France,
Le coq gaulois a trahi l'aigle blanc.

Le Moscovite assis sur la ruine,
Ainsi chantait en brandissant son dard ;
Dans les débris fichant sa javeline,
Il mesurait le triomphe du Czar.
Du sang ! du sang ! c'est un cri de vengeance,
La liberté n'est plus rien à présent :
Le Polonais voulait sauver la France ;
Le coq gaulois a trahi l'aigle blanc.

Un peuple libre eût dit à la Pologne,
Attendez-nous, nous allons vous aider ;
Si nous avons commencé la besogne.
Tous avec vous, nous courons l'achever.
Mais, ô douleur ! vieux martyrs de la France,
Votre cercueil répète maintenant :
La liberté n'est plus l'indépendance ;
Le coq gaulois a trahi l'aigle blanc.

Mon rêve.

AIR : MON VIEIL ONCLE CASSANDRE.

AMIS, écoutez bien
L'histoire de mon rêve;
Habillé de satin,
J'étais roi de la fêve.
Chacun chantait bien haut,
Gloire à notre monarque;
Nouveau roi d'Ivetot,
Je ne veux point de marque.

D'un bonnet de coton
Je couvris mon oreille,
En vrai roi Bourguignon
Je fêtais la bouteille.
Mon manteau de satin
me pesait, sur l'épaule;
Je le jetai bien loin
Pour une carmagnole.

Bientôt tous mes sujets
Me demandent la guerre;
Moi qui crains ses effets,
Je leur présente un verre.
Amis, c'est sur Bacchus

Que doit tomber l'orage ;
Fêtons son divin jus ,
Ça donne du courage.

Un grand ambassadeur
Venant de Cochinchine ,
Sollicite l'honneur
De saluer ma mine.
Je dis c'est un espion ,
Ami , faisons-le boire ,
Au nom de son patron ,
Otons-lui la mémoire.

Certain jour voyageant
Au pays de Cocagne ,
Chez chaque paysan
Je cherche une compagne.
La grosse Jeanneton ,
De moi vint amoureuse ;
Et moi , roi sans façon ,
Je la rendis heureuse.

Un bon curé déjà
Me parlait de baptême ;
Le pape m'éveilla ,
Mettant mon diadème.
Fidèle à mon pâtron ,
Moi , qui ne suis mal bête ,
Du bonnet de coton
Je recouvre ma tête.

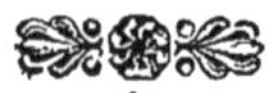

Le voyage de la Liberté.

LA liberté, c'est elle que je vois
Elle apparaît brillante de jeunesse,
Foulant aux pieds les couronnes des rois;
Elle a quitté les rives du Permesse.
Sur son chemin, le peuple prosterné,
Vient s'écrier à son entrée en France:
Brise nos fers, ô noble déité,
Et des tyrans renverse la puissance.

La liberté du bonnet phrygien
Couvre son front, ce front noble et sévère,
L'effroi des rois, des peuples le soutien;
Elle parcourt les pays de la terre.
Bientôt le Belge à l'exemple du Français,
Par son courage a su briser sa chaîne;
Car sous le joug du cruel Hollandais,
Il a gémi trop long-temps avec peine.

En Allemagne elle cherche un chemin,
Les Brunsvickois l'accueillent avec joie;
Mais des tyrans qui méditent sa fin,
Elle manqua de devenir la proie.
En Italie elle porte ses pas,
Menotti tombe en voulant la défendre;

Martyrisé par de cruels prélats ,
Du patriote elle ennoblit la cendre.

La Liberté , pour parcourir le nord ,
S'arme soudain , connaissant les despotes ;
Puis en Pologne elle s'élance encor ,
En s'écriant : levez-vous patriotes.
Tout à sa voix accourut à l'instant ,
Ils n'attendaient que le moment propice ,
La Liberté leur dit mort au tyran ,
Pour elle tous s'offrent en sacrifice.

CHANSON

DÉDIÉE

A l'Artillerie de la Garde Nationale.

Les Blancs.

PAN, pan, je le présume,
Pan, pan, tu l'abattras;
Pan, pan, la mêche fume,
Pan, pan, il est en bas.

On vient de commander la charge,
Servant de droite, attention :
Servant de gauche, allons recharge;
Pointeur, dirige le canon.
Pan, pan, je le présume,
Pan, pan, tu l'abattras;
Pan, pan, la mêche fume,
Pan, pan, il est en bas.

Vois-tu ce blanc dont l'insolence
Augmente encor notre courroux;
Regarde, il brave ta présence,
Fais qu'il succombe sous tes coups.
Pan, pan, je le présume,

Pan, pan, tu l'abattras;
Pan, pan, la mêche fume,
Pan, pan, il est en bas.

Vois le tyran de la Russie
Qui vient pour nous anéantir;
Oblique à droite, et la patrie
Te devra tout son avenir.
Pan, pan, je le présume,
Pan, pan, tu l'abattras;
Pan, pan, la mêche fume,
Pan, pan, il est en bas.

Mais des brigands de la Vendée
Foudroie les chefs audacieux;
Oblique à gauche, et la fumée
Dissipe les blancs odieux.
Pan, pan, je le présume,
Pan, pan, tu l'abattras;
Pan, pan, la mêche fume,
Pan, pan, il est en bas.

Pour bien pointer suis la droite ligne,
Elle frappe au juste milieu;
D'un peuple entier attends le signe
Avant de commander le feu.
Pan, pan, je le présume,
Pan, pan, tu l'abattras;
Pan, pan, la mêche fume,
Pan, pan, il est en bas.

Amis, bien haut, chantons victoire,
Nous avons abattu les blancs ;
Et puissions-nous à notre gloire
Abattre ainsi tous les tyrans.
Pan, pan, je le présume,
Pan, pan, tu l'abattras;
Pan, pan, la mèche fume,
Pan. pan, il est en bas.

A. F.

La Sainte-Barbe.

AIR : C'EST L'AMOUR, L'AMOUR.

ARTILLEURS, chantons, buvons,
De la treille
Le jus en bouteille,
En chœur gaîment répétons,
Chantons, buvons, chantons.

Je vais vous raconter l'histoire
De la sainte que nous fêtons :
Barbe toujours aimait à boire
A la santé des gais lurons.
Elle était vivandière,
Aimait fort les soldats
Quand éclatait la guerre,
Elle suivait leurs pas.
Artilleurs, chantons, etc.

Son amant dans l'infanterie
Loin de sa mère l'emmena;
Bientôt dans la cavalerie
L'infidèle l'abandonna.
La belle désolée
Craignant un séducteur,
S'enrôla dans l'armée,
Et se fit artilleur.
Artilleurs, chantons, etc.

Mais, écoutez, la farce est belle:
V'là qu'en entrant au régiment,
Elle y retrouve l'infidèle;
Il était devenu sergent.
Barbe tout en colère,
Sitôt le souffleta,
Et fit mordre la terre
A l'infidèle soldat.
Artilleurs, chantons, etc.

Bientôt l'on ouvrit la campagne,
Il fallut changer de pays,
Et l'on se rendit en Bretagne
Pour y combattre l'ennemi.
Et dans une bataille,
La belle tout en eau,
A travers la mitraille
Leur enlève un drapeau.
Artilleurs, chantons, etc.

Mais l'ennemi dans une ronde,

Vint attaquer notre artilleur,
Elle succombe, criant au monde:
Honorez-moi, je suis vainqueur.
Pour elle, le ciel s'ouvre,
Et c'est la liberté,
Qui d'une main la couvre
D'un laurier enchanté.
Artilleurs, chantons, etc,

Regardez Barbe, sur son trône,
Ce n'est qu'un affût de canon;
Des créneaux forment sa couronne,
Son sceptre est un écouvillon.
D'une liste civile
Nous voulions la doter,
Mais cette aimable fille
Ne veut pas accepter.
Artilleurs, chantons, etc.

Artilleurs, tous dans cette enceinte,
Réunis en ce jour fêté,
Mêlons au nom de notre sainte
Le nom chéri de liberté.
Chantons, vive la France
Et gloire, égalité!
Vive l'indépendance
Et Barbe et liberté.
Artilleurs, chantons, etc.

La Sainte-Hubert.

CHASSEUR, tu cours dans la plaine,
Fêter la Sainte-Hubert, dit-on,
Tonton, tonton, tontaine, tonton,
Pour te plaire je prends la peine
De composer une chanson,
Tonton, tontaine, tonton.

Du lièvre tu trouves le gîte,
Et tu l'abats sur le gazon,
Tonton, tonton, tontaine, tonton.
Au Parnasse je cours plus vîte,
Je n'y puis trouver Apollon,
Tonton, tontaine, tonton.

Déjà forçant un autre lièvre
La sueur coule de ton front;
Tonton, tonton, tontaine, tonton.
Moi, j'ai beau me donner la fièvre,
Je ne puis pas trouver un ton,
Tonton, tontaine, tonton.

Le grand saint Hubert te protège,
Chasseur, il soutient ton renom;
Tonton, tonton, tontaine, tonton.
Je crois pouvoir sans sacrilége,

Prendre Béranger pour patron.
  Tonton , tontaine , tonton.

Maintenant je suis plus à l'aise ,
Chasseur , je veux prendre ton son ,
Tonton , tonton , tontaine , tonton.
O Béranger ! saint qu'on délaisse ,
Donne-moi ta bénédiction.
  Tonton , tontaine , tonton.

Allons , chasseur , mangeons ce rable ,
En l'honneur d'Hubert , ton patron ;
Tonton , tonton , tontaine , tonton.
A Béranger buvons à table ,
C'est le patron de la chanson.
  Tonton , tontaine , tonton.

A Lucile.

AIR : VOUS ME QUITTEZ POUR ALLER A LA GLOIRE.

J'avais juré de fuir ton esclavage,
Triste hyménée, et de passer mes jours,
Loin des ennuis, des soucis du ménage,
Dans les plaisirs folâtres des amours.

J'avais juré, mais serment inutile
Qui s'envola sur les ailes du vent :
Je vous ai vue, ô charmante Lucile!...
Fuis, Cupidon, fuis, trop volage enfant.

Jeune beauté, les traits brûlans de flamme,
Qui s'élançaient du fond de deux beaux yeux,
Sur le champ même ont embrasé mon âme,
Et je brûlais pour vous de mille feux,

O vous en qui le ciel mit tant de charmes,
Tant de douceur, de grâce et d'enjouement!
A vos genoux, j'irais mettre mes armes,
A vos genoux, j'abjure mon serment.

Les Saint-Simoniens.

AIR : ALLONS BABET, ETC.

ARDENT flambeau, la vile calomnie
Peut embraser le cœur d'un peuple entier,
Mais désirant le bonheur dans la vie,
Le peuple aussi saura la rejeter.
Si vous prêchez la noble bienfaisance,
Si vous donnez à ce peuple du pain,
Soyez-en sûrs, dans toute notre France,
Il deviendra bon saint-simonien..

Le peuple entier sera bientôt des vôtres,
Vous lui prêchez la juste égalité ;
Et de Jésus imitant les apôtres,
Par vous le peuple est aimé, respecté.
Si sur lui seul vous fondez la puissance,
S'il peut en paix cultiver son terrain,
Soyez-en sûrs, dans toute notre France,
Il deviendra bon saint-simonien.

Depuis long-temps, fatigué de sophisme
Le peuple cherche à gagner le bonheur ;
Tombé partout, le vieux christianisme
N'a jamais su soulager son malheur ;
Mais si, sensible à l'injuste souffrance

Il peut, heureux, mourir dans votre sein,
Soyez-en sûrs, dans toute notre France,
Il deviendra bon saint-simonien

De Saint-Simon arborant la bannière,
Vous détruisez la molle oisiveté,
Et retirant le pauvre de l'ornière,
Vous l'élevez par la capacité.
S'il peut encore acquérir la science,
De ses enfans embellir le destin,
Soyez-en sûrs, dans toute notre France,
Il deviendra bon saint-simonien,

Déjà je vois sourire l'égoïsme;
Vous détruisez notre propriété,
Pour réussir que le saint-simonisme
S'annonce seul au nom de liberté.
Lorsque des grands cessera l'insolence,
Quand aux petits ils donneront la main,
Soyez-en sûrs, dans toute notre France,
Il deviendra bon saint-simonien.

Pour moi, Messieurs, approuvant votre ouvrage,
Je crois en tout à la loi du progrès;
Long-temps peut-être après votre naufrage,
Vous marcherez de succès en succès.
Que parmi nous, votre persévérance
Frappe toujours nos cœurs, tant qu'à la fin,
Croyant en vous, de notre belle France,
Le peuple entier soit saint-simonien.

Pour la noce de M....

AIR : DU BON PASTEUR.

Mes amis, tout dans ce monde
Se fait par arrangement :
Lois, politique profonde,
Titres, rois, gouvernement.
On dit que le mariage
Ne se fait plus autrement ;
Soumettons-nous à cet usage,
Il faut se soumettre souvent.

Dès aujourd'hui l'hyménée
Vous enchaîne pour toujours ;
Que cette chaîne formée
Sous l'auspice des amours,
Pour vous, soit douce et légère,
Et ne se brise jamais !
C'est le souhait le plus sincère,
Qu'en véritable ami je fais.

Quand le plaisir de ses ailes,
Mollement vous couvrira,
Pouvez-vous être infidèles
A celui qui le donna ?
Au milieu de cette fête,

Quand d'un heureux avenir,
Mon cœur est ici l'interprète,
De moi, gardez un souvenir.

A une Demoiselle

Qui avait une clef suspendue à sa ceinture.

AIR : AVEC LES JEUX DANS LE VILLAGE.

AIMABLE et sensible Eugénie,
Non, je ne suis pas étonné
Si saint Pierre dans une orgie
Du paradis perdit la clef.
Émù, troublé de tous vos charmes,
Il avait perdu la raison.
Vous lui dérobâtes ses armes,
Il est parti comme un oison (*Bis*).

Maintenant il se désespère,
N'osant devant Dieu se montrer;
Lui dira-t-il qu'une bergère
A pu sa clef lui dérober.
Reudez-la lui, je vous en prie;
Mais qu'il nous donne dès ce jour,
Au nom de vous, belle Eugénic,
Entrée au céleste séjour.

FIN.

www.ingramcontent.com/pod-product-compliance
Ingram Content Group UK Ltd.
Pitfield, Milton Keynes, MK11 3LW, UK
UKHW020322220726
13923UKWH00003B/1304

9 782019 257989